KB272488

붉은 사막

이옥진 시집

서정시학 시인선 235

붉은 사막

서정시학

햇빛에 내다 거는 염원이 꽃이 되기까지
얼마나 오랜 시간 바람을 거쳐
꽃이 되었나 하얗게
저렇듯 평온하게 머물 곳 찾아

—「소금꽃」에서

서정시학 시인선 235

붉은 사막

이옥진 시집

서정시학

시인의 말

그대 아직 안식과 평화를 찾는가

이제 생을 꿰뚫은 저 새는
영원히 자유로울 것인가

고요 속에 머무르는가

물음 따라 멀리 갔던 새가
돌아오고 있다

존재의 이유는

차 례

1부

붉은 사막

그대 저 붉은 사막에 처연히 서려고
긴 생애 절뚝이며 눈물 삼키며
그 먼 길을 걸어왔는가
사막 언덕에 서서 푸른 스카프 바람에 펄럭이며
그대의 이름은 바람 속으로 삼켜지고
마침내 너도 바람이 되고 모래가 된다
지는 태양에 너도나도 검은 실루엣으로
생의 무게는 저 모래알처럼 한없이 가볍다
붉은 사막에서 작은 모래 알맹이 휘날리어
저 건너 파도 무늬로 지형을 바꾸는
오늘을 너는 두려워했지만
그래도 늘 사막에 서기를 간절히 원하지 않았느냐
사막 어딘가 물이 흐르듯
네 가슴 어딘가에서도 뜨거운 물 한줄기
흐른 적 있었던가
이제사 다다른 붉은 사막에서
새삼 우리의 이별을 불러 세워 끝을 알 수 없는 생명에
또다시 조용히 갇히는 아련한 생애
끝 모를 고독이 붉게 붉게 펼쳐져 있다

소금꽃

햇빛에 내다 거는 염원이 꽃이 되기까지
얼마나 오랜 시간 바람을 거쳐
꽃이 되었나 하얗게
저렇듯 평온하게 머물 곳 찾아
그대는 저녁이 저물도록 헤진 발을 드러내고
집을 향하지 않았는가
짜디 짠 길 위에 너의 거친 숨이 허옇게 여물어
소금꽃 이제사 햇살 아래 반짝인다
그대 편히 누워 쉬시게나
뒤늦게 도착한 붉은 노을이 아름답기까지
너의 발 부르튼 상처가 보인다
눈앞에 당도한 햇살 아래 풋잠 들어
너의 곤곤한 생 어느새 구름으로 펼쳐져
먼 옛날 옛적을 춤추며 노래하리
무지개 빛을 품는 하얀 꽃이 되기까지
순교의 긴 날을 죽도록 달려 온
네 등을 토닥이는 먼 손

저녁노을로 지더라도

사방을 닫은 채 가부좌 틀던 어둠
어느 새벽의 여명 감지한 순간 풀리지 않던
머릿속 의문의 실마리 부여잡고 커튼 열면
아침 해 봉긋 솟아
밤은 비로소 기지개 켜며 밝은 세상 속으로 우회한다

눈 비비며 아득한 하늘과 땅과 바다가 맞닿은 지점에
하루라는 밤낮의 경계 모호하다
때로 신천지가 열린다 해도 잊혀지고
모른 채 살아가는 시간이
내 안의 신화를 일으키며 열어젖히는,
보이지 않는 의문부호 비밀의 열쇠

아침 해 떠오르면 다시 선명해지는
높이 세운 빌딩과 지붕 낮은 집
서로 다름을 아는 비애 부산해진다
먼 옛날이 먼 훗날을 이끌어 허구한 날을 채우더라도
하루의 짧은 생애 다시 붉은 저녁노을로 지더라도
전 생애 읽은 마음속의 경전 흔들림 없이
조용히 눈을 감는다

고요한 비애

울타리 따라 마냥 기어오르던 일 멈추고서야
장미의 붉은 가시 투명한 빛에 찔린다
붉은 꽃잎으로 스러져 떠도는 바람에 겹칠 때
열망은 가없는 허공 향해 넝쿨 뻗었으니
오월의 여린 잎 무성하기는 했던가

저 잎이 울타리 죄다 덮도록 바깥 떠돈 네가
이제사 몸을 얻기 위해 매달린 가지 끝에
꽃망울 맺는 장미 바라본다
제 홀로 시간의 변방에서 둘러맨
무거운 등짐 지고 수만 번의 소리 없는 질주
결국 목마른 행복 발밑에 부리려고
이 땅 위에 끝없는 순례 부재의 날들 살았으니
눈물과 회한이 깊은 해안가에 닿는다

평생토록 들끓이던 도취의 달빛
마취에서 깨어나 몽롱한 대낮의 햇살에 너를 내려놓는,
나른한 시간은 솟구치던 피의 부질없음을 아는 비애
깨어나도 우지마라 온몸으로 다시 꽃망울 맺는 꽃들
이 있으니

오월 넝쿨장미의 푸르름을 보며
다만 살아 온 시간 나태하지 않았다는
작은 위로가 고요한 비애 위에 겹친다

꽃 시절은 짧고

척박한 땅 위 끈적끈적한 겨울 꽃눈들
자기도취에 오랫동안 품었던 만개의 꿈
희미해져 갈 때쯤 꽃들은 피어
어리둥절한 며칠의 일생을 잠시 펼치고 있다

꽃 시절은 짧고 이내 쏟아져 내려
채 웅숭깊은 가슴께 여백도 만들기 전
꽃잎 우르르 쏟아내는 벚나무 아래 앉았네
꽃 진 뒤 소망의 희미한 빛 어디서 찾아야 할지
아직도 가마득히 멀고 멀지만
한 생이 속절없이 흘러 이곳까지 당도해
환하던 잠깐의 광휘 펼쳐들지 못하겠네
바람은 홀로 왔다가 텅 빈 소리로 지나치며
어디론가 가버릴 뿐,
손이 미치면 부여잡을 여린 가지마저 자꾸만 일렁거
린다

온 물결 은빛으로 출렁거리던 그 때
너는 어디에 머물렀는가

멀리 떠나와서야 뒤늦게 깨닫는
비로소 먼지 가득 쌓인 기억들 사이 환하던 꽃시절
새삼 소중해진다
나는 어리석은 난독으로 치닫던 발걸음 멈춰
아득한 곳까지 그리움 펼치는 곳에서
새로이 눈을 뜨는 이름 없는 풀꽃이고 싶어라

빈 집

겨울 철새들이 떼를 지어
흐린 하늘 위를 날던 어제 해거름
밤새도록 하늘은 눈물인지 축원인지 눈을 내렸다
노역의 힘겨움 쏟아버린 새벽하늘은 맑은 눈을 뜨고
이승의 이력처럼 소리 없이 흐르는 조각구름들
부산하게 겨울 빈 가지 사이로 걸릴 듯 말 듯 흘러가고
한 무리 떼를 이끌던 앞선 새의 노고가
바닥 모르게 시려오는 풍경 희미하게 풀어 헤친다

남은 길 아득해도 우리는 시린 발 거두며
뒤돌아보지 않고 가야만 하는가 절뚝이며
눈물이 없는 자 등 두드리며 쓰다듬으며
비록 빈 집이라 해도 위안 없어도
맺히는 슬픔 침묵하며 애잔한 그리움 끌고
그 길 헤매더라도 마저 가야만 하리라

쏟아부을 줄 모르는 덤벙거릴 줄 모르는 어둠
고개 돌려 큰 숨 몰아쉬며 이끌 발걸음
새는 날고 날아 지친 날개 저쪽

어디쯤 내리고 있는가
어느 곳에 다 닳을지 아무도 모른다 해도
바스러지는 生의 그림자 끌고

만년필

오래 묵혀 두었던 만년필 꺼내어 보다
묽던 잉크 말랑말랑 하며 출렁이던 시간이
바싹 메말라 가루로 부서져 내린다

이십여 년의 시간이 검은 가루가 되기까지
비루한 역사를 말없이 펼쳐
나는 진정 부끄러운 사람
거짓 없이 흐르는 강과 시간
그리고 사랑이 가르쳐 주는 말들을 뒤로하고
무한의 시간 위 유한의 길을 가며
하나의 구원을,
한 사람의 벗을 부르던,
길 위의 시간은 부질없다

마른 열정이 가진 것 전부지만
열매 맺는 꽃 그래도 바람에 흔들리는,
공허한 한 생을 살 듯 꿈의 댓가는
어둠속에 빛나는 불변의 별을 따르는 길이
제 길이므로 여명 속에 돋는 수호의 빛

불면의 바람으로 뒤따를 길을
흰 종이 위에 마른 잉크
반짝이는 검은 눈빛으로 일러 준다

꽃눈깨비

누가 얼굴 환히 밝히는 꽃길 무심히 걷는가

저 꽃은 기나긴 겨울 지나
제 안의 몸부림 다 지우고 꽃등燈 밝혀 든 채
며칠만 길 위에 머물다 진다

햇살 머금고 반짝이던 얼굴도 잠시
달려온 꿈길이 갈 길보다 길어도
이 지상에서 잠시 머무름이 덧없음을 알고
텅 빈 마음으로 홍수 지듯 벚꽃 진다

채우고 채워도 미련은 남아
꽃잎 뿔뿔이 꽃비로 내린다
거리를 눈발처럼 하양게 덮기까지
꽃눈깨비가 허공을 맴도는
우리들 몽환의 시절
땅으로 내려앉는 처절한 가슴
엎드린 등어리 잔잔히 부는 바람에도
어깨 들썩이며 울고 있다

종소리

저 울려 퍼지는 종소리처럼
너에게 비움을 말할 때가 아직 아니다
목숨 같은 날들 배밀이로 닿은 해안가

비움과 겸손을 읽기까지
우리가 자욱한 안개를 헤치고
마음 자락 흔들어 깨우며 세월을 포박한 날들
산을 이룬다

끓어오르던 이유 없는 조용한 의문도 분노도
시나브로 잠재우지 않고서는
이 바다에 이르지 못하였으니
네 몸을 건너지 않으면 닿을 수 없는
시간의 외딴 해변
이곳까지 떠밀려 와서야
텅 비어 멀리 울려 퍼지는 외로운 종소리의 여운을
읽는다

순풍을 기원하며 출항의 뱃고동 소리 울려 가야할 길이

길고도 험해
내 목 놓아 울기까지 텅 빈 시간을
끝내 이야기하지 못한다

단풍나무

장마 비에 축 늘어진 단풍나무
맑은 빗방울 가지마다 소슬히 안고 있다
송이송이 투명한 기억을
끌어안고 맺혀 있다

고요한 풍경은 가파른 비탈길도 지나고
가슴 속 깊은 곳에서 콜록이는
잔인한 오랜 시간 걸은 뒤에 오는 적막
비 내리는 빈 의자에 아무도 앉지 않아
텅 빈 외로움이 그득해 오히려 다정한 풍경이다

보내버린 시간이 다가올 날들보다
퇴적층이 깊은 이 땅
걷고 넘어진 자들이 느리게 누리는 소소한 풍요
알알이 맺힌 물방울들은 지난한 날들이
가장 낮은 땅에 이르러서야 마음에 밝혀드는 횃불이다

저 많은 가지 중 하나쯤은 없었어도 좋았을
슬픈 기억마저도 바람의 문 앞에서

가지런한 머리 빗질로 환하다
긴 장마 비에도 검게 젖은 바위 사이에
부질없는 희망처럼 붉은 꽃이 피어 있다

허수아비

누군가를 사랑하는 일은
저 곡식이 무르익기를 기다려 바람에 곁가지 내어주고
충만한 미소로 흔들리는 것이다
아서라 비록 짝사랑이라 해도
빈 들판 휑한 외면으로 답할지라도
너의 눈빛이 그를 지켰으니
누군가를 사랑했으므로 너의 그 긴 시간이
노래로 들판을 가로지르지 않았는가
누추한 옷가지 햇살에 그 빛바래어도
부족함 없이 너는 행복했노라
언젠가 육신은 너덜거리며
사그러드는 목숨 여월 때
지나간 먼 슬픈 시간 떠올릴 작은 기억 하나
아스라이 품지 않았겠는가
누군가를 사랑하는 일은 네 마음
말할 수 없는 뿌연 기쁨으로 그득 채우는 일이다

붉은 해 화사한 꽃으로

살아있는 것들은 인연으로 꽃 피우고 지는 것을
하염없이 흐르는 강을 바라보면 알 것 같다
누군가는 질펀한 세상 마음 내려놓아
안락한 의자 속에 파묻혀 평안의 날들 살고
가슴 두근거리던 시절 잊고 편안히 발걸음 딛는
그를 보면 버리는 것에도 예를 갖추어
시간을 건너야겠다는 나직한 다짐을 하지만

이내 얼음 알갱이 서리는 냉정한 길
살아 온 날 언젠가는 그마저 기억 속에서 사라져
떠오르지 않을 덧없는 한 시절

붉은 해 화사한 꽃으로 피어나길 간절한 염원
강 위를 날아가는 기러기 떼의 낮은 울음
우리 가슴 속에 서러운 곡조로 전해진다
접근할 수 없는 틈
진실은 말로써 전해질 수 없는 것
강물은 매듭을 두지 않아 위안 없이도 굽어 흐른다

스스로 허술히 흐르는 강물이 길고도 질기게
바다로 이어진다
우리는 어느 곳에 다다르려 긴 숨 들이쉬며
종일토록 아낌없이 흐르고 있는 것인가

봄나무 푸르름도 펼치기 전에

희망을 소곤거리며 여린 혓바닥 내미는 봄나무
생애의 내력 온유의 시간으로
아련한 눈빛으로 바라보는
나의 한 가지 작은 소망
펼쳐질 숭고한 시간 지난한 정신의 긴장으로
저 수많은 비탈길 오르고 내려야 하는
적요의 길에 맞딱드린다

마주친 앙상한 생각의 가지
고난의 길 가벼운 죽음을 은백색의 광채로
품어 안기까지
설명하기 난해한 저 불립문자

남겨진 잔상이 깊이를 드러내지 않는
비린 목숨의 절벽을 향해
천형의 길을 오르고 깊숙이 들어가
연약한 긍정의 열기로 버티어야 하는 한 시절

봄나무 푸르름도 펼치기 전에

허기지고 겸허한 마음으로
삶의 무늬 그리다 조용히 허문다

서쪽 창으로 지는 달

오늘 훤한 얼굴빛은 왠지 낯설다
한참 그 빛이 나를 관통해
찌르르 아프게 하던 달빛이었으나
무미건조한 허연 낯빛 누구를 위하여
한 장의 노트를 펼쳐들게 하는가

온몸이 물을 건너 뜻을 잃었으니
유랑의 난파선 어디를 헤매는지
꿈이 들끓던 하늘 빈 나무 가지로 그득하다
허나 아직 나뭇가지에는 푸른 잎 몇 잎
무심히 매달려 있어 허공을 지고 가야 하는
길이 남아 있다

서쪽 창으로 지는 달이 빼꼼이 얼굴 내밀고
네가 아직도 기다림을 노래할 때
나는 시드는 꽃잎을 먼저 본다
절정을 향해 오르지 못한 굴혈의 그 어둠은
온 마음으로 절벽을 향해 오르고 있었을 뿐,

가슴 저리던 시절이 붉디 붉게 치명으로 내닫는
아름다운 幻의 한 전설인 것을
언제나처럼 우리들은 늦게 깨달아
늙은 소나무 가지 등 뒤에 그리움 품은
달을 덩그러니 홀로 서서 바라보게 하는가

항해

안개가 걷힌다고 울지 마라
비록 폐허의 내부 낱낱이 드러나
모든 항로의 끝을 미리 짐작할 수 있다 해도
우리가 혼자서 왔다가 홀로 가는 길임을
숨죽여 말하라

견디어 가야 하는 저 숱한 섬과 암초 사이를
아직도 우리는 몸을 맡겨
다시 항해의 방향키를 잡아야 하리니
마음이 가난한 자는
비밀과 비밀의 내밀한 은신처에서
신성하고 부조리한 마지막 임무의 완성을 위해
묵묵히 항해 하리니

감추어진 저 달의 뒷면
너무 지나친 추측과 유혹으로 값을 따지지 마라
모든 것이 사라지는 것을 열망하는 때가 올 것이니

가보고 싶은 곳

식지 않은 열망으로 한때 이곳 저곳
떠돌던 심해가 고요하다
어느 곳에 당도해 읽어버린 독해가
까닭 모르게 접촉을 거부하고 허공에 길을 내게 했나
비어버린 마음 부대낌 거둬들이며
넓혀가던 놀이의 공터

고요 속에 잠기어 모든 길은 부질없어졌다
부대끼며 살아가야 낚시대 끝자락에라도
건져 올려지는 슬픔의 수초
바라보며 통통 튀던 눈빛조차 엷은 미소 띠며
속수무책으로 가무스레 눈을 감는가

모든 열망은 일생을 떠돌다
어느 해안가에 정박의 닻 내리고
언제까지 그 닻 그곳에 머물는지
아무도 모른다 해도
읽어 온 내력 여기까지이다

이마저 지워져 마음 밖에서 서성거리면
가보고 싶은 곳 어딘가로 짐 부려 떠날까

어떤 기미

누군가 내 소재지를 묻고 어설프게
전화를 끊는다
나조차 어리둥절하게 고개 까닥이며
더께 앉은 기억 속 잠시 느릿느릿 헤엄쳐도
솟아오르지 않는 명징한 해답

생의 이면 이리저리 둘러보다
마음속 어느 한 지점에 다다른다
수십 년 전 졸업한 학교의 젊은 내 모습이
먼지를 뒤집어 쓰고 있다 생생하게 되살아나
어떤 기미 하나 일깨워
까닭 모르게 뒤적거리며 그 속에서 반짝이는 금강석
캐고 있다

가뭇없이 흘러가는 시간이라 해도
펼쳐지는 평생에는 저렇듯 출렁거리며
빛나던 한때가 있어 그리움이라 했는가
누구나 그 속으로 두레박 한 줄 내려
넘쳐나는 기억들 퍼 올리다가

비록 깨어나면 부질없는 텅 빈 비애로
화들짝 깨어난다 해도
늦게나마 추억은 숭고한 보물임을 깨닫는다

푸르디푸른 잎맥들이 시간을 펼쳐
고요한 침묵의 하늘로 뻗어나가 빛나는 커다란 나무되어
그 그늘 아래서 웃음으로 미소 짓는다

봄의 전갈

섬과 섬을 에돌아 수년 눈꽃으로 몸이 얼고 녹았다
이제 막 가로막힌 장벽 뚫고 날아오르는 나비 떼
가볍게 봄의 전갈 창 가득 메운다

제 마음의 무게를 털고 그대에게 띄우는 편지
나무와 나무 사이 하늘을 빼곡히 채워도
사람들이 가고 오는 것 아랑곳하지 않은 채
수천만 번 저 나비가 뒤척였을 애틋한 시절 소슬히
어른거린다

누가 저 강을 건너고 있느냐
죽음과 부활의 땅
숨죽임이 비로소 화려하게 펼쳐드는 하늘
흐른 세월 곱게 접어 깊숙이 묻어두고
천근 사랑 슬며시 마지막 애착으로 밀어두고
이토록 아름다운 봄

먼 곳 여행한 네가 바라보는 언덕 저 켠 너머
아득한 장서의 전령 희미해져 읽히지 않는다 해도
아직 철 늦은 눈 내려 봄의 전령 잠시 멈칫거린다

언덕 아래

언덕 아래 양귀비 무리
제 안의 경계 허물고
몸 낮추어 바람을 받아
가슴 저리던 염원 잊고
긴 모가지로 허공 속 하루 속절없이 환하게 흩날리더라

서쪽 창에 보름달 덩그러니
기우는 사연에도 위안의 말들
두 손 모아 기도해야 하는 까닭
제단을 장식하고
노래 부르는 일은 온전히 우리들의 몫
슬프도록 아름다운
붉은 경배의 무리

이제 헛된 꿈 꾸지 않아 제 자리 맴돌아
채색의 시간
때로 오늘의 어둠이 빈 바람의 무늬로
어깨 위에 잠시 내려앉거나
질문의 기호 떠오른다 해도

동쪽에서 서쪽으로 뜨고 지며 가는
소멸의 하루더라

어줍잖은 불멸보다 귀한 목숨
뿌리 내리지 않는 마음의 실뿌리
아직 구불구불 길 단정하게 벗어나지 못하고
오래 묵은 삶의 풍경 생경해
어제 저녁 떠오르는 동쪽 하늘 포용의 달
미소 보지 못했네

눈 내린 날

소복한 축복에 나무는 겸손하게
머리 조아리고 있는 성스러운 새벽
열린 창 앞에 서성거리는 한 사람
가끔은 세속으로부터 멀리
모여 있는 은둔자들의 영혼 숭배 의식 같은 눈이 내려
아득한 그리움 저만치 세워 두고
혼신 다해 허공 치달던 저문 일몰이
이곳에 와 닿는다
이 풍경 안에서 욕망의 자취 흔적도 없이
허술히 이름을 내걸지 않는다
들끓던 마음의 계류지에
타고 넘던 물이랑 이제 잠재웠나
저 밖을 돌던 바람조차도 창을 열고
제 안으로 들어 하루치의 소용돌이로
쓰고 지울 뿐,
온 생을 펼친 가지마다 내린 눈
환호도 술렁임도 탄식도 없이 고요하다

고요한 섬

비바람 치는 바닷가에서 뒤늦은
이별을 보네
우리가 가까운 곳에 집을 두고도
얼마나 멀리 여행을 떠났는지
네가 떠나 온 그곳에
너의 안식과 평화가 있었으니
이제 여행의 마침표 찍고
돌아가야 하네
때로는 모진 바람 불어와도
이제 너는 마음 헤아려
먼 길 나서지 않으리라만
미소 짓는 고요한 섬 파르르한 숨결
저무는 황혼의 바다에
바다의 꿈은 비릿해
파도가 서러운 포말로 부서지네

2부

봄 눈

놀랍도록 새싹 돋아나야 할 시절에
밤사이 눈이 내렸나 보다
누군가 큰 빗자루로 새벽 봄눈
쓰는 소리 연신 허리 굽혀
늙은이는 길을 쓸고 있나 보다
시간의 궤적 위에 한 줌 햇살로 해가 뜨자
이내 나무와 지붕 위의 눈들이 다 녹아내려
흔적도 없이 사라졌다
힘겹게 새벽을 쓸던 늙은이의 시간이
무수한 반복의 우리 生과 겹쳐
무겁게 가슴속으로 쓸쓸히 밀려든다
봄은 빛살 환하게 기다리는 이에게
아름다운 소용돌이로 다가오는 걸까
푸른 촉수 세워 땅을 들추며 아낌없는 힘을 다 할
새싹의 안쓰러움
적막 근처에서 바라보고 있다

눈 내리는 날

한참 눈 내려 산의 꽃나무와 지붕 경계를 허물고
사념 깊던 골 덮어 온 세상이 하얗다
산마루 누각의 외로움마저 살포시 덮었다
오르고 내리던 무수한 길의 발자국들 흔적도 지우고
더 낮은 골짜기 편안한 길을 두고
절벽 위 누각 향해 힘겹게 걸었던 날들조차
흐느끼며 하산하며 멍든 발을 내보인다

오를 때 지나친 명쾌한 소실점들 이제
깊은 겨울 지나며 또다시 봄을 꿈꿀까
어느새 쏟아지던 눈발 구름은 흐름을 바꾸어 잠잠해
지고
별도 뜨고 달도 뜨고 그래도 눈 내린다

어둔 밤 지나고 나면 청명한 새벽이 오려나
무거운 주제 들끓던 제 맘속의 불화도
흰 눈으로 뒤덮여 무심히 엎드려
한지寒地의 시절이 포근하게 덮여 지워지며
다시 몽유의 새벽을 건너고 있다

해오라비 난초

설레임으로 탱탱하던 시절이 벌써 가마득하고
꿈에라도 꽃과 잎으로 만나고 싶지만
그 어긋나기만하는 꽃과 잎처럼 하늘거리는 유적
비로소 오랜 열망이 흰 빛으로 사라지자
이미 여리디여린 살빛 후줄그레진 붉은 시절

용서하라 마음의 곁 꽃잎은 깃 모양으로
비상을 꿈꾸었지만
우리들이 온 맘으로 이 생을 살아
쓰디쓴 낙과 회한으로 부대끼며 이겨내야
팽팽하게 부풀던 환한 유년의 기억을
은근한 미소로 찾게 되리라

우리는 꿈에서조차 잊지 않고 품어 붙안아
태어나지 않은 날들을 위해 속울음으로
지붕 위 내려앉는 오후의 햇살을 마저 보아야 한다
낡은 회오 정박의 닻을 두 손으로 쉼 없이 건져 올리며

새벽 위안

새벽을 깨우는 작은 기쁨
우리를 위로한다
그윽한 발길로 허공에 보이지 않는 줄로
이어져 있는 애증의 기억 더듬으면
별 몇 개, 새벽 적막이 우리를 위로한다

마음의 빈자리 올려다보며
스며드는 너와 나의 간격
무성하던 숲의 시간은
간밤의 기나긴 꿈이었던가

지상의 과일들은 빛에 목매어
굴레를 쉬 벗어나지 못하고
한 시절 순백의 깨우침이 너덜거리는 바람 소리
절망은 어쩔 수 없는 일

깊고 깊은 바닥 헤매고 뉘우치며 들리는 여명의 음성
빛나고 거듭나는 대낮은 별 의미가 없어
세상 끝의 소진한 소망 일으키며 이제 돌아가

쓸데없는 그곳의 햇살 지우고 손을 뻗으면
다가오는 정결한 새벽

아침을 위하여

온 하늘을 물들이는 하나의 영상을 지우기 위해
더 많은 시간을 엎드려 간구해야 하리라
이 세상 값진 사막의 신기루 찾아
소리 없이 상쾌한 아침을 엄숙히 맞아들이기 위해
거스를 수 없는 흐름을
스스로 고귀하고 정성으로 가꾸어
명징한 장미의 꽃밭을 만들어야 하리라

깊은 소리 들리는 마음속의 밝음 물들기를

투지로 남몰래 달려가 닿아야 하는 하늘길
소리 없는 헌신 그곳에 세상 한가운데 앙상한,
저 벌판에 앙상한 사랑 나무 한 그루
손바닥 위에 고스란히 받쳐 들고
생명의 그물을 짜 찬양 부를 소망

대지는 생명을 품어 안아 깨끗한 새 싹을 높이
들어 올리고 한없는 기쁨을 바랐기 때문이다
기억하라

죽음과 동행하여 지혜로운 빛의 세계 속에
끝끝내 다다르기에는
수많은 세월을 향한 따듯한 시선 거둘 일 아니다
정함 없는 경건한 빛은 어둠과 공존할 수 없고
난해한 빛은 곤곤한 약속
저만치서 나목으로 우뚝 서 있음을

무수한 역을 지나며

무수한 역을 지나며
새로운 아침을 맞이하길 원했으나
쉽고 빠르게 도달하는 평화는 드물어
아이야 서두르지 말아라
따가운 여름 끝자락 화사하던 목백일홍도
시나브로 붉은 빛 잃어 버석인다
지나온 저 먼 역에
머지않아 네 발자국 지울
하얀 눈이 내릴 날 그리 머지않아
갈 길 멀다고 근심하지 말아라
네가 어디에 있던지
간절히 간구하고 있는 너의 평안은
언제나 네 곁에 있으니
지나온 역마다 꽃 피우고 지우며
키를 키운 나무가 깊은 숲을 이루어
짙은 그늘 속에서 간절하던 안식이 열린다
수많은 역을 지나며 새 하루는
서서히 밝아오는 새벽처럼
그제서야 네 마음 깊은 곳에서 새 아침은 열린다

매화

차가운 바람 채 가시기도 전
해와 달의 이끌림에
매화 꽃봉오리 두근거림 잠재운 채 입 웅크리고 있다

매화는 세상 모래밭에 한 떨기 꽃으로 싹 틔우는 일
얼마만큼의 절망을 견뎌야 하는지 아직 몰라
두려움으로 채 입을 열지 않는가

태고적 빛살로 더욱 따사로워 꽃가지 환하게
그대에게 하고 싶은 말 문득 밀려오는,
가마득한 옛적 봄소식에 힘껏 창 열어젖힐 때
하늘의 여백 가득 흰 꽃무늬 휘날리리니
훈풍의 바람아 불어라

비록 대지 가까이 지천으로 꽃무덤 그득해도
이른 봄 잠깐의 광휘에 젖어
생이 다다르는 허공 속 짧은 환희
저 언덕을 넘어 그대에게 전하리

더 깊고 넓은 영원과 불멸을 끊고
만개한 꽃그늘 아래 잠시
아득한 적막 근처에 머무르리

노루귀

너는 어디서 왔는가?
하얀 꽃 보라 꽃 정면으로 하늘 보며
태양을 바라보는 너는

올곧게 의연하게 더듬어 온
수만의 기억들 몽환의 덧없음으로
만첩의 촉각 눈먼 듯 가마득히 지우고
펼쳐내는 꽃송이의 기운
한 생을 그려내면서 태양이 지면
몸 오므리며 내일을 기약한다

삶은 늘 어떤 연유에선지 미묘한 인연으로
네가 보였는지 헤아릴 수 없는데
산 중턱 이름 없는 꽃처럼 흩날리더니
이곳으로 이사한 지 몇몇 해
망망대해를 꿈꿨을까

보이지 않는 너의 꿈 붉은 열망
파도치며 다가온다

무엇이 되기까지

흩날려 하늘을 맘껏
깃대에 꽂혀 조용히 펄럭이기까지
자유로이 내달리고
뒤돌아보지 않고 미끄러지듯 배밀이로
항구로 차분히 돌아오기까지
훠이훠이 두 팔 흔들며 마냥
주름진 얼굴로 가지런한 발걸음으로 걷기까지

보석처럼 반짝이는 긴 휴식의 시간이
텅텅 소리내기까지
낮은 햇살에 해바라기하는
노란 벽 나른함 길고 긴 그림자
비상의 새가 정물이 되어 한 폭의 그림으로
벽에 걸리기까지

바위섬 위 고독한 나무 한 그루로
붙박히기까지

바람아

곱게 물들어 화사하던 시절도 지나고
매달려 버티던 가지를 떠나
영원한 휴식 위해 탁자 위에 몸을 뉘인 단풍나무 잎

쓴 것과 단 것 모두 버리고
황폐 위의 외로움
삶보다 죽음을 택했건만
대문 밖 떠돌던 바람은 안식을 주지 않는다

우리들 마지막 숨결은 알 수 없는 먼 질문이런가
大地가 품어 안아 바스러질 때 불안과 고통의 사별 있으리니
바람아
오랜 세월 동안 굳건히 밟고 서 있던 땅 위로 나를 날려다오

흙을 품고 있는 그루터기 아래
몸과 마음의 신성함으로
웃음 지으며 홀가분하게 영원한 쉼 향해 가리니

한 마리 새

별을 보기 위해 어둠 위를 걷고
무지개가 뜨는 이유를 물으며
뜬 눈으로 밤새웠으니
마땅히 믿음만큼 눈부신 날들이
백옥으로 줄지어 서야 하지 않겠는가

시간은 제 경계를 세우지 않고 흐르지만
밤이 깊을수록 헤아리지 못한
죽어야 살고 모든 것 버려야
저 은빛 물결 위를 평화로이 흐를 수 있는 것을
잡힐 듯 잡히지 않는 마음은
아직 부서지기 쉬운 물기둥을 부여잡고 있다

더 읽을 경전 남아 있다는 생각에
잠시 휘청거릴 때
강물을 스치며 살며시 내려앉는 새 한 마리
깊은 심연을 향해 질문을 품고 머리를 물속에 담그고
아직도 고난의 밤을 읽고 있다

지는 햇빛에 은실로 빛나는 물결 위
어디선가 또 무리 지어 새들이 날아오곤 한다

섬

모래톱에 닻을 내린 듯
흔들림 없는 한 사람 바다를 향해 꼿꼿이 서 있다
안은 한없는 바다를 향해 열려 있어
목숨 다해 항로를 벗어나지 않은 길 숨죽여 읽으며
평정의 마음으로 넘고 넘어 온 파도로 흘러들어
간절해지거든 파도 철썩이는 섬이 된다

벗어나지 않아도 될 길을 하늘의 문이 열리기를
번개와 우레소리로 견딘 허물,
끊임없이 시리게 밀려들어
섬은 씻고 씻기어
저 깊고 깊은 잠이 도래할 때까지
짙은 어둠이 올 때까지 머문다

한 생애 해답이 한때는 선연한 굴복처럼
낯설음으로 다가오고
수많은 발자국 찍힌 섬은
궤도에서 벗어나지 않아
설렘 없이 언젠가 또 허물어질 견고한 도성
쌓으려고 하얗게 겹 벗으며

털머위

온갖 꽃들 불빛 감추는 조락의 계절
저 혼자 허름한 노란빛 꽃등 밝혀
한 시절 이렇듯 살아내는 것이라고,
우리의 삶을 지탱하는 것은 심지 세우는 일이라고,
저 굵은 꽃대 보란 듯이 세우고
깊은 울음 발밑에 가둔 채 스산한 풍경이 된다

사는 일은 허공 속에 나부끼는 거라고
맨 얼굴 하늘 우러르며
온몸으로 흔들린다
마음 넉넉한 잎들은 피고 지는 것
거처 걱정 없이 회양목 사이 뿌리 내려 편안하다

모든 것은 지나가지만 언제 어디서 날아들었는지
계절을 넘어 철새 한 마리 소나무 위에서
먼 곳 꽃소식 전하며
오늘을 훑고 지나가는 위안의 노래 부른다

우리는 아직 어디론가 가고 있는 중이다

서러워 마라
이렇게 꽃 피우는 거라는
정원 한 모퉁이 노란 털머위

바람이 어깨를 스치며

풀잎이 몸을 흔들며 지키는 한 뼘의 땅이
순결하던 시절이 있었다
산다는 일은 낯익은 듯 낯선 듯
꺾이지 않는 기개가
세파를 헤쳐 가는 일이라
가까스로 믿었던 적이 있었다

이룬 것이 없어서 세월이 가는 속도
가늠하는 마음속의 근심
늙지 않는 바람이 어깨를 스치며 속삭인다

풀잎이 몸을 흔들며,
하루하루를 사는 것은
질펀한 뿌리가 너를 지켜
익어가는 순박한 시간일 거라고
조용히 귀 기울여 저 땅을 흔드는 울림

미처 알지 못한 목숨, 오늘이
이곳에 모여 어제 흐르던
강물을 불러모은다

시

우리는 눈물에 젖어 무릎 꿇고
오래도록 손잡을 날까지
끊을 수 없는 저 강물로 흘러

비정한 순백의 백지 위에
비리고 흘러넘치는 말들
간곡히 기도로 헛된 기둥 세우다 보면
저 형형한 별밤이 애틋하지 않겠는가

우리의 신탁 숨은 열정 파르르 떨던 첫날
미제레레
엮어낸 시간도, 뜨겁게 분노하던 한 시절도
저 흐르는 강물에 발 담그고
낡은 옷 벗어 어리석음 되풀이 하지 않으려
살펴주는 저 작은 것에도 감사히 두 손으로 받들면
저 지평에 편안히 서지 않겠는가

꽃의 미소

새벽녘 잠 깨어 커튼 열고 올려다 본 하늘
반달이 구름에 둘러싸여 떠 있다

희뿌윰히 밝아오는 빛에 다시 하늘 올려다보니
한 뼘만큼 자리 옮긴 달이 소나무 가지 사이로
자리 옮겨 하얗게 걸려 있고

내 눈에 한 뼘, 그 거리는
정작 가늠할 수 없기에
우주 속을 떠도는 그대,
저 거리는 우리들이 마련한 자리가 아니다

시간은 소리 없이 흘러 어느덧 밝아오고
온 세상의 장미 툭툭 꽃 진 뒤
뒤늦게 핀 한 송이 붉은 미소가 보인다
그렇게 웃으며 살라
대지의 포용 환한 장미의 미소가

기다림

비어 있어 평형을 유지하는 저울처럼
기뻤던 순간이 눈물이 되는 풍화의 시간
생각은 허공을 떠돌고
가보지 않은 길 아쉬움 길게 마음에 남아
사람이 어둠이라 해도 고개 돌려 지우지 못해
마음의 저울은 평정을 이루지 못한다

다가올 세월 또한 침묵으로 흘러
그곳에 가 닿아야하기에
그대에게 가는 길은 멀고 험하기만 하다
등꽃 피는 계절이 머지않아
화사하게 떠 올릴 꽃 피던 그 시절

비운다는 것은 지운다는 것
어제 저녁 뜨던 둥근 달이
서쪽 창가 지는 달이 되어
창문 크기만큼의 풍경이 되어 있다

눈부시게 소유하지 않은 날들

쌓여있는 슬픔 한 겹씩 벗어내며
오늘도 거울 앞에 앉아 오고 가는 시간을 읽는다

수선화

넓직한 품의 바위 옆 수선화
노란빛으로 훈풍에 흔들린다

찬바람 속 미더운 봄바람의 기운
늦게나마 알아채고
머리 위 구름의 무도 같은 추억은
저쪽 바위 그늘 속에
던져 놓고 도리질로 깨어난다

저 건너 바위 비바람을 막아주지 못하고
쓸쓸한 등어리 내보이며 기웃거리던 흔적
손 끌어다 지워달라고 저녁을 품은 달에게 손짓한다
저 쪽 가슴팍에서 솟는 태양은
젖혀 놓은 문턱 사이로도 피어올라
수선화 제 맑은 꽃술로 화창한 봄볕 아래 서 있다

구근으로 겨울을 견디던 습관
그 속에서도 바람은 불어
마음속의 불 다짐으로 채우던 수만의 흔적

스스로 환하게 타오르며 처음으로 늦게 열어젖히는 창
미리 여름을 끌고 작은 길을 연다

마음의 내력

마음이 동토에 서 있으면
겨울을 견디는 꽃이 더 아름답다
다가가고 싶은 따뜻한 남쪽나라 향한 열망은
밤낮으로 쉼 없는 날개짓 고단한 외로움의 시간
모든 것은 제 마음의 내력일 뿐
지난한 겨울을 모르는 한해살이풀도
한 生을 살아내는 것임을
시도 때도 없이 꽃 피우고 쉬 함박웃음 머금어도
이제사 온몸이 딛고 서 있는 저 신고辛苦
大地가 품는 넉넉함이 세상 밝히는 힘 예사롭잖다
저 혼자만의 허공 등에 지고 오르던 신열
시베리아 북풍에 봄날 아지랑이 아련함에 진다
되돌아올 새벽이 있어 긴 골목길 어스름
혼미한 강물로 흘렀나 보다
아무것도 더 이상 알려고 하지 않은 채
흐르는 한 척의 흰 돛단배

길 위 흰 화살표

차들이 다니지 않는 새벽길
어둠 속 누군가 건널목 흰 길 따라
길을 건너고 있다

우리의 안전이란 궤도를 벗어나지 않을 때
우리를 지켜주는 것인가
뚫린 길 위의 검은 적막의 길
마냥 천둥벌거숭이로 뛰어다니지 못한
유난히 도로 위 방향을 알리는 화살표
눈에 거슬린다

뿌리 내리려 애쓰던 저마다의 나무 정물로 붙박혀
창가 한 폭의 그림 아직 미완이지만
生 가득 지킨 견고한 마음속의 질서
제 안에서 버스럭거린다

안전한 길 위 흰 화살표 무시하고 막무가내
길을 가로지르는 자동차
그래도 어느 한 사람

하얀색 칠해진 건널목 굽어진 등어리로
뚜벅뚜벅 건너고 있다

침묵

구멍 숭숭 뚫린 골판지
네모로 접혀 상자로 서 있다

우리 삶은 때로 대나무처럼 휘어지거나
완벽하진 않으나 각 맞추어 서 있을 때가
한 방향 잡아 우듬지 세워 가는 길인지도

새삼 탁탁 튀는 불꽃처럼 스치는 것은
진즉 바람이 내 生을 관통할 날 짐작했으나
이리 빠르게 발목 잡을 줄 예측하지 못했기 때문

저마다 생의 중력 숨 가쁘게 致命에 들고
구멍 뚫린 골판지로 반은 헛호흡 한다
화창해야 할 봄날이 옅은 황사로 희뿌옇다 해도
스스로 각 지워 세워야 할 미지의 날

말할 수 없는 캄캄함 이미 알아 침묵으로
시간을 건너야 하는 아픔이 등 뒤에 매달린다
누구나 그 착란 깨달은 뒤에도
어둑한 그 골목길 벗어나지 못하는 어리석은 길

3부

촛불

크리스마스 캐럴이 울려 퍼지는 길의 붉은 산타가
흔들거리는 기억 하나 앞세운다

출렁거릴 듯 온 천지가 성탄의 기쁨을 노래할 때
조화 옆의 촛불 조용히 불 밝히며
제 生을 더듬는 젖은 네 마음
견고한 믿음이 두려웠나 화라락 타버리지 못하고
시나브로 태우는 정물의 꽃
生의 마디 어디쯤 촛농으로 흐르는 유월의 영상

보랏빛 등꽃 불 밝혀 환하던 꽃불 아래
기울이던 건배의 잔 비워지기도 전에
어둔 골목길 마음 활짝 열어 화사하던 꽃자리
두 번 다시는 열지 못하고 돌아서 내려오던 언덕길

사그러지는 꽃잎의 시절이 마냥 촛불의 촛농처럼
비장하게 맺혀있다
촛불 그윽한 그늘 아래 불빛에 떠는 붉고 푸른 조화

낯선 새 소리

어두운 저녁을 지나며
푸른 새벽이 오기를 기다리기만 한 날들

미련스럽도록 길게 이어진 숱한 밤들의 언어
이미 새벽의 말들을 알고 있던,
누군가 그토록 닿고 싶던 길에 있던 당신은
행복한 사람입니다

오래도록 기다림의 길로 가기 위해
뉘우침의 저녁을 지나며 질문을 넘어
그 좁고 작은 길을 헤매고 있던 것임을

나즈막한 동산에 이르러
당신의 행복이 이제 보입니다
허락하신 이 땅에 새삼 다시
새와 나무의 정령들을 찾아
붉은 열정으로 마을마다 도시마다
평탄한 길에 평화의 빛과 동행하기를,

새벽, 나무에 앉아 우는 낯선 새 소리

엽서

남방의 새가 물고 온 따듯한 엽서 한 장
읽을 수 없는 구름의 문장들
그래도 아름다운 전갈

마음과 마음 이어
세상을 바꾸지 못해도
생각을 이끌어 붉은 저녁노을 펼쳐들어
눈부신 슬픔 황혼의 부드러운 손길로
제 길에 들게 하는

무의식적 회귀라 해도
손으로 더듬는 문자 그 충만한 사랑만큼
바람과 별들이 드나드는

저기 부드러운 언덕의 곡선 따라
맑은 그리움 날개
노을이 비끼는 여정
침묵의 맘을 나누는 새가 떨어뜨리고 간
그대의 엽서

가을비

가을비 소리가 살 위에 차가웁게 내려앉아
거짓 사랑의 우연에 잠시 기대다 보면
사는 일이 색깔 짙게 푸르름을 펼치다 이내 갈잎 든다

저 비가 꽃의 머리 위로 내려
달빛을 노래해 꽃을 흔들어 깨우고
제 몸을 사위며 지하로 스미거나
꽃잎 위에 잠시 물방울로 남아 소리 없는 대화

비와 꽃의 긴 시간 여행
사람 사는 일이 확연하게 질문 너머
중심을 관통해
고요의 시간을 펼쳐도
아직 우리는 마음의 불타던 심장

지난 여름을 건너고 있다
가을비 소리가 거짓 사랑의 우연에도
서늘한 창가 잠깐 머무는

개나리

쓸개 없이 히죽거리며 머리 풀어 헤치고
들판을 가로질러 쏘다녀 볼까나
개나리꽃처럼
그리움 불러 세워 끊을 수 없는 강물로 흐른다 해도

서늘한 사랑
내가 머물 곳은 허공 속도 아니고
오로지 내 마음속의 허술한 집 한 채
떠돈 세월은 수평선 저쪽에서
은빛으로 내려앉아 검은 저녁이 오기를 기다린다

때로 산발의 개나리 필 때엔
가슴 가득 밀려와 파랑이던 은빛들
생경하게 떠올라 엷은 미소 짓겠지만
수만 평의 푸른 목장 펼쳐진다 해도
지금의 내 집에는 바람이 불지 않는다

처마 끝에 매달린 풍경이
저 혼자 고요한 하루를 배경으로 꼬리 흔든다

산

산은 고결한 침묵으로 의연하고
애써 외면한 채 제 굴욕 자존심이라 우기는
山 발치의 버려진 한 이름

깡통, 책, 빈 플라스틱 흰 통
누군가는 기억할까
넘쳐흐르던 마음의 물기 시나브로 메말라
세상을 읽어나갈 힘마저 잃어도
어느 날 문득 생각 해낼까

세상의 소식들은 떠밀려 왔다가 사라져도
높은 산은 소용돌이에 휘말리지 않고
무념으로 스스로 길을 낸다
침묵의 시간은 스스로의 유일한 위안일 뿐

줄장미

쉼 없이 밀려오던 대평원의 열망
멀리 달려도 바라볼 수 없기에
목 놓아 울던 긴 여정마저 놓아버리고

울타리 따라 푸른 잎 허공 채우며
온몸으로 꽃 피우기 시작한 장미
아직은 낙화할 때가 아니다

이제 막 화사한 웃음으로
시드는 절벽의 절망은 잊고
하늘을 바라보며 절정을 치닫다가
고여 오는 슬픔의 빗물에
가지마다 시름 속에 고개 떨구었다

비가 내려도 네가 시듦을 두려워하지 않듯
언젠가 비도 그칠 것이다
스스로 빗물 털고 일어설 줄장미
울타리 따라 꽃대 세우며
탕진한 시간으로 후줄근해진
우리의 등을 떠밀어 주리라

붉은 제라늄

붉은 꽃 한 점이 밝혀드는 마음의 환한 빛에 홀려
머지않아 이사를 생각하면서도
붉은 상념의 꽃들 싣고 집으로 향하는 자
내 생의 어디쯤 머물렀을까

매화꽃 바람에 가지 벗어나 오랜 소망의 하늘로 흩날
리듯
이곳에서 일생을 들끓이던 의문 하나 벗어던졌으니
너는 내게 기억의 장소가 되리라

이별도 만남도 시간도 흘러가는 구름처럼
때 맞춰 흐르다 비로 내리거나 눈으로 내리거나
한낱 수증기로 증발한다 해도
밀려오는 파도 마주 서지 않고 두 팔 벌려 감싸 안으면
남은 햇살 아래 파도 탈 마음의 준비로
모든 생을 관통해 한갓 순리의 세상 읽히리라

두 손 가득 들린 붉은 제라늄
심는 자 떠나가도 꽃은 한 시절 뿌리내리리라

어머니의 꽃과 나무

모든 결핍을 채워 주시던 어머니
그 은혜로운 사랑이 눈밭을 뒹굴어도
떨지 않게 하셨고

꺼지지 않는 불빛을 껴안고 따사롭게
이 길을 가게 하셨나이다

어머니 당신의 가심이
이 세상에 덩그러니 나를 떨어뜨려 놓고
홀로 창문을 통해 달빛을 보라 하십니다
영원한 부드러움, 영원한 따사로움
어머니가 내 가슴에 심은 꽃과 나무들

무성하게 키워 내기 위해
속절없이 살아가야겠습니다

어머니의 소반

밥 얻어먹으러 온 사람들에게도
소반에 밥과 반찬을 놓아
마루에 앉아 먹게 하신 어머니

할아버지 한 달 병환에 돌아가시고
거지들이 집을 찾아들자
다른 거지들은 얼씬 못하게 막아서며
어머니께 고마움을 대신하던 거지 대장

길게 늘어선 화환들은 장례식이 끝날 때까지
그들이 대문 밖을 쓸고 닦아
말끔한 길에 각 맞추어 세워져서
조문객을 맞았다

한 할머니 마루에 앉기를 극구 죄송해 할 때
편하게 따뜻이 드시고 가시라며
소반을 마루에 놓게 하시던
어머니의 음성과 모습
마음 한 자락 지금도 환해진다

우리 다시 만날 때까지

그대 더 잘 보기 위해
안경을 씁니다

캄캄한 이 땅에서 고개 숙여
감사함과 미안함을 알아 낡은 옷 벗고
눈 들어 바라보기를

따듯한 심장이 보채던 저 순종의 길
기도로 약속을 믿는 햇살 가득하게
은혜로이 에워싸기를

주저함 없이 이 땅을 굳건히 밟으며,
어찌하여 맹인처럼 눈 감고
장밋빛을 찾았는지
세속의 문을 열고 안경 닦아 새롭게 씁니다

느티나무

가만히 멀리 쳐다보는 저녁
아버지랑 식사하던 음식점 앞을 지날 때
차에서 내리시던 모습 선하다

그 쓸쓸한 거리를 지나면
슬픔이 가슴을 메운다
살아 수만 잎들을 거느리던 아버지는
한 그루 느티나무였다

버석거리는 잎도 따뜻이 보듬어 한 생을
그 그늘 아래 살게 하셨고
수많은 잎들 햇살 아래 반짝이게 하셨다
그 일생 끝내 겨울 그 무성한 잎들 다 떨구고
힘에 부쳤을 저 느티나무의 외로움

미처 다 알지 못했으니
눈에 괴어오는 눈물
아무리 속죄해도 아버지는 계시지 않는다

빗소리와 고양이 울음

마음의 텃밭에 빗소리 내려앉기를

시공 넘나들며 어둠 지키고 있을 때
닫힌 문 앞에서 고양이 야옹거린다
말해지지 않으나 전해지는 너의 안쓰러움
어떤 의미가 너를 흔들어 울음 울게 하는가

불꽃으로 신열 앓던 갈망도
이제 예민하게 날 세우지 않아
촉촉이 젖어드는 빗소리
숙성된 저녁 무렵으로 꺾여드는 저 완만한 굴곡

누구나 맞닿은 한 지점이지만
너의 울음은 그리움 담은 진한 세월
아직도 가야 할 길이 멀어
아뜩한 문 앞에서 속수무책으로 서성거린다

시간

오랫동안 조용히 품어 눈부시던 빈 말이
새벽 도로 위를 쌩 달려가는 자동차처럼
노을이 비낀 산자락에는 소란을 피우지 않는다
우리들의 설레던 한 시절은
어디로 간 것일까
어느덧 세상의 빛으로 사라져 버린 시간 앞에
속절없이 그리움은 진정 먼 곳의 바람인가
침묵 속의 백만 가지 일들도
멍청한 저 길 따라 흩뿌려지는 흰 장미 꽃잎들
언젠가 한 시절을 떠올릴 때
오랫동안 조용히 품어온 빈 말은
지척에서 아무렇지 않은 듯
지나간 하얀 바람으로 기억되는가

4부

그대에게

봄이 오는군요
매화 가지마다 맺힌 꽃봉오리
서서히 아주 느리게 기지개 펴자
새들이 초로롱 소리 내며 찾아 듭니다

저 가지 쳐다보며
그냥 저냥 사는 나이
한가로움은 하오의 햇살마저 소슬하여

순수한 모순이
하루에도 몇 번씩 내 마음의 변경을
흐립니다

책장을 넘기는 일이 새삼스러울 것도 없고
쓰여진 행간이 이미 밝아
여백마저 읽히는 나이가 된가 봅니다
솔바람마저 투명해
마음이 더욱 가난해지는구려
(잘 지내시게나)

동행

대륙의 한 뼘 땅에 두 손으로 받쳐 올린 집
검은 지붕 아래 쇠잔한 몸을 일으키면
메마른 땅이 구속함을 이루어
광야에 물이 흐르고
맹인들은 슬픔과 탄식의 노래를 부르리라

모든 것들은 헛되고 오래되어
헛간에 쌓여 먼지로 뒤덮여도
우리는 충실했으므로 흰 머리카락 날리는 자부심
지난 꿈은 텅 비어 밤과 낮은 광채를 잃었고
땅끝까지 제거되지 않는 것은
죽음까지 침묵으로 동행하라 하네

놀리운 세상 곤경은 절벽을 기어올라
우리의 뜻은 하늘 가까이 있었으므로
태양이 그리는 그림자 마땅히 섬기며 보았네
다만 깊은 잠에서 깨어있는 서러운 눈만이
꿈속의 의미를 읽어 기쁨과 즐거움 얻기 위해
분별을 간구했을 뿐

온건한 별

저 푸른 하늘도 대낮에는 수많은 별들을
내다 걸지 않는다
하루에도 몇 번씩 이 땅에 먹고 마시는 일이
아는 것을 따라가는 길보다 중요치 않아
유예된 생명 별의 낮과 밤을 지켜본다

너를 바라보면 무수히 많은 기쁨과 평안은
마르지 않는 샘에서 솟아오르는
강하고 담대한 물줄기라는 것을,
세상 안에서 얻을 수 없을지라도
어둔 밤 별은 상상조차 하지 못하던
수많은 기쁨과 뿌리가 어디서부터 유래되었는지를,
미래 예측할 수 없는 어떤 열매를
묵언으로 투명하고도 섬세하게 이야기 한다

풍요로운 기억이 죽어
막 도착한 소박한 해동의 차고 냉정한 공기 넘치는
마음속에
떠오른 적 없는 온건한 별이 흩뿌려진다

하얀 고양이

나는 네가 집에서 편히 쉬고 있을 때
맘이 편안하다
창 앞을 조용한 걸음으로 서성거리거나
창틀에 기대어 서서 철학자처럼
생각에 잠길 때면
너의 염원과 갈망을
너의 머리속에서 지워주고 싶어진다

햇살이 비스듬히 비쳐드는
따뜻한 이곳에서
한 생 자유로이 행복감 느끼며 살아주기를,
너는 아직도 무엇을 그리도 기다리는가
얼마 전의 내 모습 같아 안쓰러움이 앞선다
너는 왜 아직도 창문이 열리기를 간절히 바라는가

한 발짝 뛰쳐나가 푸른 정원 몇 걸음에,
또 다시 벽을 오르며 발톱을 세우고 올라보지만
다시 열린 문으로 뛰어 들어올 것이면서
그래도 사색에 잠기는 너를 보면

물끄러미 옛 기억을 한 장씩 더듬으며
불꽃을 가슴에 새기던 시절을 떠올린다

저 가지 끝에 등불

한 생애 긴 꿈 깨고 나면
무엇이 남는가
꽃잎들 흩날리자
맘속의 등불은 불빛을 끄고 밤은 길었다
무수한 파도의 이야기들
해안의 모래에 사르륵 스며들어 자취 감추었다
저 넓은 바다는
무엇 하나 생겨나도 티끌이라고
갈매기 끼룩거리며 낮게 날고
또다시 바다는 파도를 일으키고 부서지며
생멸의 시작과 끝을 일렁이며
억겁의 시간을 말없이 드러낼 뿐,
희망은 있다고도 없다고도 말할 수 없는
길 위에서 잠깐 꿈속에 손짓하던 그대
비로소 저 가지 끝에 등불 밝히며
넉넉한 미소 달빛이 침묵의 말 건네네
허기진 길에서도 다시 꿈꾸라 하네

저문 강가의 하구

오늘을 잃어버리고 휑한 들판을
가로지르던 바람은
언제부턴가 평생 바라던 것이
하나의 무늬인 것을 알았다
아무리 좋은 꿈이더라도 무의미의 시간으로
가 닿는 울음은 단지 배워서 하는
노래가 아니라 작은 가슴에 담겨 있던
갈망과 분노의 토로였을 것이므로
산맥을 휘감아 돌며 흐느적거렸음을

푸르던 잎들도 서서히 잎 지우는 날들이 오듯
이제 그 누구도 흔적을 읽지 못해
혼자만의 조용한 강가에 서서
너의 슬픈 행적을 그린다
다만 바람은 제 성전 속을 느리게 걸으며
더는 아프지 않도록 조용한 바람의 무늬를 그릴 뿐
저 멀리 멀리 돌아 당도한
저문 강가의 하구

어느 멋진 가을 오후

밤의 꿈속에는 광채 나는 평화가 없지만
신성한 새벽은 세상 모든 것을
정갈한 기운으로 길어 올리는
조용한 울음이 있다

밤은 동쪽으로만 향하다
문득 녹슬어가는 오래된 기다림 읽어
맑은 영혼 희미하게 사라져 가는 뒷모습
목울대 울리며 소리 죽여 지켜본다

꽃들은 가던 길을 멈추지 않고
소망의 새 빛을 위해
언제나 푸르른 잎들을 먼저 펼쳤으므로
우리도 잔잔한 미소로
출렁이는 하루 건너가는 어둠과 비바람 삭혀
겨우 한 줌의 나른한 오후에 다다라
이 땅의 평화를 건너야 하지 않겠는가

어느 멋진 가을 오후 위해

미처 깨닫지 못한 오묘한 여분의 무대
무릎 꿇어 여유로움으로 휘청이던 날들의 그림자
조용하게 공중에서 내리는 하얀 깃털이네

달

휘영청 보름달 기울어 반달이
떠 있는 차가운 새벽
여린 빛이 창가에 와 시리게 부서지고
한두 마리 울던 귀뚜라미
떼로 합창하며 깊은 가을을 재촉한다
저 달이 기운 것인가 차오르는 것인가
왜 우리는 차고 기우는 세상을
슬퍼만 하는가
보름달로 그득하던 시절도 기우는 때도
달빛은 눈부실 꽃과 열매를 익히고 있다
조금 더 너그러워지면 환의 고리 읽어
시리도록 평안한 밤 보낼 수 있을까
지천으로 넘치는 세상의 아름다움으로
소망의 너와 나를 잊고 신새벽으로 거듭나기를
소신공양 순백한 하루 일어서려니

새벽에

잠 못 이루고 새벽을 지키며
무료의 심연으로 곤두박질치면
소중한 순간 허비한 날들이
일렬횡대로 줄지어 선다

지금의 이 자리까지 오는 데는
그리 오래 걸리지 않았다는 새삼 두려움이,
출렁거리던 날들에 다리를 놓아
삶의 기쁨 불씨 지피면
함박웃음으로 나날들 솟구치며
다음 날을 위해 승리의 깃발 내걸릴까

수많은 낮과 밤을 약속도 없이 보낸 후
덧없는 일이나 무언가 더 얻고자 하는 의지는
부득불 무엇을 포기하며 외길로 달려 온 허허로움
누구도 아닌 스스로 걸은 길임을
변명할 수 없는 일

머지않아 또 한 해가 끝나고 새로운 해가 오는 길에

아직 허물어지지 않은 생명의 티끌이 남아 있으므로
이 새벽을 채색하는 호젓한 구름

끝없는 바람 소리

산맥과 강물이 하나로 이어져 있듯
푸른 습지와 갯벌 동서로 끊이지 않고
광활한 초록이 펼쳐져
두루미 재두루미 저어새 새들은 자유롭게
하늘을 날아 다닌다

사람만이 경계를 허물지 못하고
지평선을 허허롭게 바라볼 뿐,
전쟁의 폐허
천지의 시간을 기록하고 있는 DMZ

끝없는 바람 소리와 침묵을 간직한 채
화해와 평화의 순간을 펼쳐도
사람들은 알아보지 못하는 세월
우리들은 미미한 존재
사람들의 마음을 끌어당기는
저 아름다움 잊지 말아

바람의 자유가 부러워

상처의 땅 녹슨 철책 걷어 내면
우리의 염원 우리도 저 길을 넘어 경계를 넘어
미지의 자유
우리를 막을 것은 아무것도 없으리

행보

고독한 검정옷의 노인
쓸쓸한 해변을 거닐어도 텅 빈 눈빛
허나 그는 아직 무언가를 찾고 있다

블라인드에 그림자 빛이 있어
어룽지는 그림자인 것을
가을비 더욱 서늘해도
구원의 그 손이 내미는 의자에
잠시 걸터앉아 몽유로 문장을 이룬 것
또한 온전히 제 것은 아니라
산만하게 흩어진 의지의 조각들
깊은 은유로 조각 끼워 맞추는 어둠이
곁에 와 다시 드러눕는다

해변의 수평선에 가만히 귀 기울여
노를 젓는 노고
비록 타고 남은 잿더미의 무게
어깨 위에 내려앉으면
서서히 땅속을 흐르는 물의 소리로
노래 부를 수 있으려는가

너의 영혼은 차디찬 그 정적 속으로
별을 찾아 어리석은 행보로
눈물 고인 발자국 어지럽다

나비의 날개

그 누가 주검으로 바스라진 나비의 날개
안쓰러움으로 바라보았는가
가벼이 그 차고 빛나는 날개 팔랑이려고
뼛속까지 사무치던 그 주검이었으리

제 속에 깊이 스며들던 물음 사막의 굴곡너머
창밖으로 한 잎씩 날려버리기까지는
숱한 검은 머리카락 하나씩 흰 빛으로 시나브로 물들고
어느새 턱 밑에 다다른 아득하던 수평선 이끌어
휑한 바다를 보아 지친 날개 무게 버린 나비 되었나

이제사 선연하게 빛나는 푸르름 날개짓
여린 가지에 앉아 그늘이 주는 편안한 가지에 앉는다
이 잎 저 잎 가뿐한 몸으로 숲을 날아 생기 띠며
허기를 버리고 긴 여정 목축일 이슬 찾는,
허투루 들뜨지도, 쉬 한숨 쉬지 않으며 작은 가슴
아량 넓히며 허공 날아 한 점이 되는 기쁨이려니
속 아픈 것쯤이야 갈 길에 장애가 되지 않으리

흩어져 부산하던 비린 기억마저 온기의 관용
세상 근심 물이 되어 사라지려니
가지 끝에 빛이 닿아 날개를 접었다 펴는 나비

무화과

수많은 아담과 이브 빼곡하고 촘촘히
붉은 태양 가슴 깊이 안으로 품어안고
제 맘속에 길을 내어
숨결 고요히 꽃을 피운다
누가 알 리 없건만
너의 시린 마음 헤아려진다
고난을 너머 자신을 이기고
유혹을 이기고 죄를 이기고
간절함이 제 마음속으로 시선을 옮겨
지상의 낙원에서 온유하게 꽃 피운다
안으로 곱고 밝게 꽃 피우는
네가 선과 악을 죄와 용서를
세상에 기도로 이끌던
순종의 고통과 죽음으로 눈이 밝아진,
숨겨진 기쁨 풍성하게
에덴동산에 소망의 꽃 피운다
오늘도 네 이름은 영원을 영원히 이끌기 위해
작은 불꽃 안으로 곱게 그 긴 시간을 추스르고 있다

해마다 봄이 오면 눈부신 청매화

섬진강 넓은 품 성급하게 열지 않아 오래도록 묵묵히
흐른다
매화 천지 길 따라 오랜만에 담아보는
별빛처럼 박혀 있는 시린 마음 한 시절

올해 핀 꽃 속절없이 진다해도 기약하지 않는 내년
몇 해 전 매화꽃 바람에 후두둑 후두둑 지는
슬픔은 없었네

해마다 봄이 오면 눈부신 청매화
다시 피고 질 것이므로
꽃잎 흩날리던 그 가슴 저리도록 아름다운 풍경이
우리들 서로 부재의 날들을 펼쳐든다
거스를 수 없는 강물은
푸른 물빛으로
범람하지 않는 침묵의 강으로 흐른다

꽃진 뒤 영글어 갈 열매 또한
열망하지 않기에 며칠만 피다 지는 꽃
떨림이 없는 가슴으로 환하게 꽃길 내려왔네

이른 새벽 풍경

24시간 불 밝히는 편의점 어둔 새벽 환하게 불 켠 날들
남산의 성곽처럼 길게 이어져 生을 이끄리라

생각의 촉수 산꼭대기 탑 위 눈먼 붉은 등으로 껌벅여도
인적 없는 캄캄한 도로 위를 달리는 오토바이 탄 사내는
고달픈 하루로 속도를 늦추지 않는다

새벽 어둠을 불 밝힌 편의점이나 오토바이의 속도
성곽 따라 生 위에 낡아 갈 하루치의 오늘을 세운다 해도
우리가 지나온 길 성곽 위에 몽유의 길로 겹쳐진다
새벽길을 쓰는 청소부 일찍 깨어 도로를 쓸어도
허나 동트고 아침이 오면 또다시 저녁이 오는,
꿈 같이 지나가 버린 날들
환유의 시간 넋을 위로하지 못한다

차라리 떠돌아 삶의 궤적 위 벽돌 하나하나

공손히 쌓지 않았더라면 허전함이
저 높은 빌딩처럼 높지 않았을까
새벽 가로등 꺼지며 아침이 밝아와도
고요한 마음 들뜰 줄 모른다

길

어느 누군들 순풍의 길 탐하지 않겠는가
목숨 같던 의지의 깃발 두 손으로 부여잡고
힘찬 걸음 여유의 미소로 길 위에 서던 젊음
거친 풍랑이 있어도, 진창길이라 해도
허허로운 벌판이라 해도, 아스팔트 길 위라 해도
홀로 절뚝이며 가야 하는 길고 먼

벗어날 수 없는 긴장의 순례길
굽어 휘돌아 내리는 길
모든 것 어스름 착란임을 늦게 아는,
이제 펄럭이던 깃발 내려놓고

작은 등짐에 믿음의 깃대 하나 꽂고
타박타박 걷는
어느 지점에 가닿아 눈물의 환호 가슴에 새길지
그곳에 내 생의 어둑한 내력
소지의 의례로 태워버리고
남은 재마저 바람에 날려 태평양 아니면 대서양
넓디넓은 품 미약한 점 하나로 내리리니

어두운 비밀 애초에 없던 것인지도
우리들은 우울한 밤의 비밀 너무 탐했는지도
일상의 신선함 읽지 못한 집요한 탐색
어슴프레 한 시대의 사슬 설레임 없이
긴 골목 끝으로 풀어헤쳐진다

명왕성

멀리 있어 캄캄한 밤에도 보이는 당신
이제 사랑할 수 있어
우리의 생은 꿈을 꾸고 이루는 과정이라
어둠의 이면 얼음 알갱이 매단 눈덩이
우수수 떨어뜨리면
인생의 맑은 날 사랑하기 좋은 날
보이는 빈 강물에 보이지 않는 물고기 그득하듯
하늘에는 수많은 별
마음은 유연하게 별 한 채 담아
밝히는 밤
사랑하기 위해 가장 아름다운 날개짓
기쁨으로 다가가면 얼마나 좋으랴
그 사랑 기쁘고 즐거우리라
멀리 있어 아름다운 거리

봄이 오면

머물다 가면 그 흔적을 남기고

창을 열면 어떤 기다림이 기쁨으로 열리려는지
꽃망울 머금은 꽃의 안부를 묻는다
이 세상 모든 것의 힘이 되는 생명의 길

그대를 만난 것은 감사하다고 말해야 하나
죽음까지 침묵으로 이끌려는 저 심술보의 심사
하늘 높이 항상 따사로움 그대 사랑 꽃망울로 남는다
꽃 피우지 않았으나 머물다 가면 그 흔적을 남기고
낙엽을 이끄는 목숨
지치고 힘들더라도 어두운 골목길을 떠도는 바람아
믿음으로 다시 창을 열면
언제나 풍성히 오랫동안 열매 맺는 길 가려는가

기억은 약속한 적 없으나 택하고 행하는 이력은
하늘의 별과 같고 바다의 모래알과 같은 것 벗이여
일어서며 창을 열려는 축복의 마음
새로운 약속 없이 꽃망울 터트리는 다시 봄이 오고
있다

초승달

당신이 거기서 웃고 있네요
실눈을 뜨고 비어있어 고요한 하늘에서
한낮의 뜨겁던 격정 보듬어
밤을 선호하며 맑고 부드럽게
새벽녘 당신이 웃고 있네요

세상에 희생 없는 길은 없더라고
메마른 어둠은 희미하게 그림자로
두 손 가득 둥글게 품어 안고
숨길 것 없는 평화의 얼굴로
예고 없이 우리에게 주어진 삶

알 리 없던 그 길
당신의 뜻인 줄 세상 풍파
만물이 오고 가는 그 길을
마음 다해 채웠다 비우며
아직 끊어지지 않은 약속 지키며

한결같이 그 길을 오가는 우리의 동행
당신이 거기서 웃고 있네요

아침 바다

얼굴을 가리는 검은 장막이 서서히 내릴 때면
마땅히 빛을 보지 못하고
지상의 꿈을 쫓아 주절거리며
땀과 불안으로 황폐하던 한 알의 모래

어두운 네 눈을 밝히는 아침 해 떠오르기 전에
깊은 습관과 뼈를 깎는 간구로
읽지 못한 경전을 눈물로 읽어야 하네

깨끗하게 멍에를 어깨에서 차분히 내려놓으면
저녁 바다의 마침표 붉은 태양빛 길게 흐르네
성취는 황금 물빛처럼 흔들리며 고요하고
거부하던 몸짓 평강의 바닷새
넘치는 금빛 물결에 날개 딤그지 않고도
바다 위를 스치며 자유로이 날고
태양의 부드러운 손길에 참된 겸손으로 몸은 가벼워
지네

손에 손을 잡고 물결 져 오는 저 파도

사랑의 위로로 모래사장을 토닥이고
찬란한 빛에 깨어나는 아침 바다
가슴 펼쳐 심호흡으로 출렁이는 승리는
세세토록 떠오르는 빛에 기대네

미제레레Miserere를 넘어 정박한 행간의 성소

권성훈(문학평론가, 경기대학교 교수)

1.

시는 부재를 통한 현존을 증명하는 데 바쳐지기도 한다. 보이지 않는 가치를 믿고 그것을 밝히는 언어는 가시적인 빈곤에서 비가시적인 풍요를 읽어낸다. 현재가 미래 혹은 과거로부터 생겨나듯이 비가시적인 공간은 가시적인 것으로부터 축적되는 것. 이런 보이지 않는 세계는 꿈과 같이 현존하며 깨어나는 순간 무의식 속으로 사라졌다가 다시 파고든다. 마치 "우리의 생은 꿈을 꾸고 이루는 과정이라" 비의식이 건너가는 방식으로서 길을 내는 것. 현실 너머의 본질을 담보하는 것은, 고통과 고난을 통과한 시인이 가질 수 있는 혜안으로 더 멀리 더 깊게 실존을 사유할 때 분명해진다. 이런 시인의 혜안은 사라진 명왕성같이. 태양계의 질서정연한 문법에서 어둡고 차가운 변방으로 유배당한 별이 보이지 않는다고 해서 소멸된 게 아니라 "하늘에는 수많은 별" 중에 여전히 존속을 알리듯.

한때 행성의 지위를 가졌으나 세속의 이름표를 박탈당한 행성의 이름을 다시 찾아주는 시인은 현상이 아니라 본질을 향해 있다. 현상은 현실에게 중심을 강요하지만, 본질은 실존으로서 "늘 사방을 닫은 채 가부좌 틀던 어둠"(「저녁노을로 지더라도」) 속에서 빛을 더한다. 이는 명왕성처럼 궤도 밖으로 밀려나 본 고독한 자만이, "보이지 않는 의문부호 비밀의 열쇠"를 가질 수 있으며 중심부의 소란함에 가려졌던 고요의 정적과 그것의 의미를 추적할 수 있다. 이런 현상 너머를 본다는 것은 길 위에서 자신을 지우고 실존을 비추는 일이기도 하다. 명왕성이 태양계의 화려한 조명 밖으로 사라졌지만, 하늘에 "송이송이 투명한 기억을/끌어안고 맺혀 있다"(「단풍나무」) 오히려 이와 같은 "텅 빈 외로움이" 우주의 심연과 하나 되듯 좁은 울타리를 허물고 광활한 내면의 길을 확보할 수 있는 것임을 가르친다. 그럴수록 가장 먼 곳에서 가장 깊은 곳을 바라볼 수 있기 때문이다.

가장 어두운 밤에만 보이는 별이 존재하듯이, 시인의 언어는 생의 가장 시린 시간을 털어낸 길에서만 피어나는 기쁨으로 통한다. 「고요한 비애」처럼 "제 홀로 시간의 변방에서"

시간은 과거에서 미래로 흐르는 것이 아니라 어둠의 이면을 들춰내면서 "눈물과 회한이 깊은 해안가에 닿는" 길이 된다. 어둠의 이면에서 드러나는 길은 "이 땅 위에 끝없는 순례"로 출현하며 거기에는 퇴적된 시간이 편철되어 있다. 어둠이 밀려난 자리에 드러난 길은 지상의 끝없는 유랑을 증명하고 그 층위를 비추는 햇살 속에서 "온몸으로 다시 꽃망울 맺는 꽃들이" 길가에서 피어날 수 있는 것은 바로 흘러간 시간에서 비롯된 것이 아니다. 생명을 보존하기 위해 "다만 살아 온 시간"이 필요했기 때문에 그 시간을 길 위에서 지켜나가는 것. 한편 시를 시공간을 통해 완성하는 시인은 시간과 길을 분리하지 않고 시간 속에서 길을 찾고, 길 속에서 시간을 발견하려고 하는 노력에서 현출된다. 이번 이옥진 시인의 시집『붉은 사막』은 '시간'과 '길'이 만나는 유연한 순간들의 연속성을 보여준다. 시공간의 교차로 위에서 길과 시간을 분리 불가능한 단일체로 감각하는 시인은 그 경로를 생의 경로를 통해 획득한다. 이로써 시공간을 초월한 영원한 가치로 한 권의 시집에 담아내는 데 '시간과 길'이 사유 체계로 유통된다. 그녀는 보이지 않는「시간」을 "오랫동안 조용히 품어 눈부시던 빈 말"로 침전하면서 정해지지 않은「길」을 "일상의 신선함 읽지 못한 집요한 탐색"으로 외면화한다. '빈말'의 언어는 "세상의 빛으로 사라져 버린 시간 앞에"(「시간」) 있는 "침묵 속의 백만 가지" 길을 '집요한 탐색'으로 "벗어날 수 없는 긴장의 순례길"(「길」)로 이어준다.

그럼으로써 길은 "작은 등짐에 믿음의 깃대 하나 꽂고/타박타박 걷는" 시간 속에서 겹쳐진다. 이에 시간과 길은 별개의 존재가 아니며 시간은 눈에 보이지 않는 길이며, 길은 시인이 발로 쓴 시간의 기록이 된다. 게다가 시인의 가장 먼 길은 "한 생이 속절없이 흘러 이곳까지 당도해"(「꽃 시절은 짧고」) 있는 시간으로서 자신을 통과하여 "멀리 떠나와서야 뒤늦게 깨닫는" 심연에의 사유가 되는 것.

그것은 그녀의 시편에서 "새로이 눈을 뜨는 이름 없는 풀꽃"의 이름을 명명하는 것과 같다. 이런 명명이 가능한 것은 "제 안의 몸부림 다 지우고 꽃등燈 밝혀 든 채"(「꽃눈깨비」) 길 위에 머물다 지는 '이 지상'의 '텅 빈 마음'을 새기는 데 있다. 이 지상의 길은 가는 것이며 머무는 것이지만 "네 몸을 건너지 않으면 닿을 수 없는 시간"(「종소리」)에 정박해 있는 것. "텅 비어 멀리 울려 퍼지는 외로운 종소리의 여운"처럼 "출렁이던 시간"(「만년필」)을 안으로 "무한의 시간 위 유한의 길을 가며 하나의 구원을" 언어로 꽃피는 것에 있다.

2.

이옥진이 생산해 내는 시간과 길에 대한 시적 미학은 단순히 흘러가거나, 비추어지는 물리적 현상이 아닌 것. 흩어지는 시간을 관조하며 정제하는 그녀의 시편은 고독한 순례자의 길로서 내면을 정화하는 구도로 작동한다. 이는 시가 도구가 아니라 순례자의 구도와 같은 것으로 자신을 비우는 데서 시작되며 가벼워지는 정신에 있다. 마치 기관 없는 신체로 서 있는 「허수아비」가 "누군가를 사랑하는 일은/저 곡식이 무르익기를 기다려 바람에 곁가지 내어주고/충만한 미소로 흔들리는" 것같이. 생의 고단함을 비움으로 긍정하면서 '그 긴 시간이 부족함 없는 노래'가 되어 "부족함 없이 너는 행복했노라"라고 "말할 수 없는 뿌연 기쁨으로" 말할 수 있게 된다. 이는 시인의 자기 이행으로부터 세계에 대한 유혹을 이기고 자신의 마음속으로 시선을 옮기는 행위에서 시작된다. "살아있는 것들은 인연으로 꽃 피우고 지는"(「붉은 해 화사한 꽃으로」) 지상의 인연을 외부가 아닌 자신의 내면에서 발견하려는 의지로서 세계를 바라본다. 거기서 "시간을 건너야겠다는 나직한 다짐"은 "진실은 말로써 전해질 수 없는 것"을 알기 때문에 가능한 것이다. 시인은 외부 세계의 유혹에서 벗어나 본질에 침잠하며 그 안에서 영원한 내면의 시간을 성찰하고 있다. 찰나의 시간은 유한하고 가변적인 것으로 시간의 굴레에 갇히게 되지만 영원한 시간은 찰나를 가로질러 본질에 가 닿는 것. 그녀의 시편에서 시간은 흐르는 것이 아니라 깊어지는 것으로 말로 전할 수 없는 심연을 마주하게 된다.

이것은 내밀한 통로를 초월하여 수직적인 기다림의 시간으로 밖으로 난 길에서 안으로 향하는 길을 찾게 된다. 길 밖의 길은 세속의 길이지만 내면의 길은 구도의 길로서 발아의 시간을 횡단하는 것으로 사유의 귀착점이다. "시간이 공간 속에 존재하지 않는 것임에도 불구하고 '시간'이라는 말은 여전히 우리의 세계정신 속에 운동하는 시간을 주제로 한 두 개의 강력한 변주를 만들어 낸다."*

그것은 미래에서 현재로 그리고 과거로 나아가는 방향과 과거에서 현재로 그리고 미래로 향하는 방향이 있다. 먼저 미래에서 시작되는 현재는 끊임없이 현재를 쇄신하고 과거로 사라지는 기원으로 작동한다. 두 번째 과거에서 시작되는 현재는 전통적인 인과율에서 인과의 힘을 무한한 과거에서 현재로 또한 무한한 미래로 향하는 직선 운동이 된다. 시인은 이러한 두 가지 강력한 변주를 가진 시간에 대한 기원과 직선 운동을 함의하는 '구도의 길'로 완성시킨다.

그대 저 붉은 사막에 처연히 서려고
긴 생애 절뚝이며 눈물 삼키며
그 먼 길을 걸어왔는가
사막 언덕에 서서 푸른 스카프 바람에 펄럭이며
그대의 이름은 바람 속으로 삼켜지고
마침내 너도 바람이 되고 모래가 된다
지려는 태양에 너도나도 검은 실루엣으로
생의 무게는 저 모래알처럼 한없이 가볍다
붉은 사막에서 작은 모래 알맹이 휘날리어

---

* 이베타 게리심추쿠 외, 『시간으로부터의 해방』, 류필하 역, 자인, 2000, 196쪽.

저 건너 파도 무늬로 지형을 바꾸는
오늘을 너는 두려워했지만
그래도 늘 사막에 서기를 간절히 원하지 않았느냐
사막 어딘가 물이 흐르듯
네 가슴 어딘가에서도 뜨거운 물 한줄기
흐른 적 있었던가
이제사 다다른 붉은 사막에서
새삼 우리의 이별을 불러 세워 끝을 알 수 없는 생명에
또다시 조용히 갇히는 아련한 생애
끝 모를 고독이 붉게 붉게 펼쳐져 있다

—「붉은 사막」 전문

이 시는 시인이 안으로 꽃을 피우기 위해 '붉은 사막'이라는 고독한 길을 숙명적으로 통과해야 하는 의지를 형상화한다. 거기에 "저 붉은 사막에 처연히 서려" 있는 곳은 시인이 가야 할 길이며 "긴 생애 절뚝이며 눈물 삼키며/그 먼 길을 걸어" 온 것은 시간이 된다. 그러므로 삶이란 시간과 길 속에 "그대의 이름은 바람 속으로 삼켜지고/마침내 너도 바람이 되고 모래가" 되는 운명에의 현장이 아닐 수 없다. 그렇지만 "생의 무게는 저 모래알처럼 한없이 가볍다"는 집착을 내려놓은 자만이 도달할 수 있는 '시간의 평원'을 선포한다. 이는 세계에 대한 침묵과 순종이 아니라 "그래도 늘 사막에 서기를 간절히 원하지 않았느냐"라는 도전 정신으로 부과된 것.

여기서 사막은 '어딘가 물이 흐르지만' 시인이 말하는 사막은 "가슴 어딘가에서도 뜨거운 물 한줄기" 흐르지 않는 것

으로 '정신적 기지'의 붉은 사막을 의미한다. 붉은 사막은 세계로 던져진 피투성이 존재로서 겪어야 하는 필연적 고통을 시사하는 의식의 층위로서 본질보다 앞서는 실존을 마주하는 심연의 장소가 된다. 주어진 운명에 굴복하지 않고 고통을 자기 존재의 일부로 받아들이며 "이제사 다다른 붉은 사막에서" 자신의 생을 입증하기 위해 "또다시 조용히 갇히는 아련한 생애"로서 자기 이행의 길을 수렴하고자 한다.

이것은 고통스러운 생의 여정을 사막이라는 길과 그것을 견뎌온 시간이라는 축으로 치환하며 끊임없이 자신을 비워내고 만들어가는 실존적 선택과 기투의 과정을 직조한다. 말하자면 "여린 혓바닥 내미는 봄나무"(「봄나무 푸르름도 펼치기 전에」)를 "생애의 내력 온유의 시간으로" 파악함으로써 "비린 목숨의 절벽을 향해" 가는 것을 "천형의 길을 오르고 깊숙이 들어가"는 것으로 대응한다. 막막한 자유를 견디며 스스로를 창조하는 '온유의 시간'이 원동력이 되어 길과 함의된 '시간의 평원'으로 나아간다. 시간의 평원은 외부에서 주어지는 구원이 아니라 자신의 고독과 허무를 정면으로 응시하며 그 위를 끝까지 걸어가는 자만이 획득할 수 있는 실존적 승리의 자리인 것이다.

3.

그녀에게 길이란 관념적 영토가 아니며 시간 또한 연기적인 흐름이 아니라는 사실이다. 시간은 공기 속에서 가둘 수 없는 무형의 것이지만 사막이라는 고통의 공간적 이미지를 통해 실존의 궤적을 보여준다. 이를테면 길과 시간은 강력한 정신적 변주가 되면서 시간이 공간 속에 귀속되지 않듯 하나의 공간에 매몰되지 않는 실체적 영토인 시간의 평원을 구축해 낸다. 이런 시인의 시적 지형은 시인이 "무심히 매달려 있어 허공을 지고 가야 하는 길"(「서쪽 창으로 지는 달」)이며 "견디어 가야 하는 저 숱한 섬과 암초 사이"(「항해」)에 있는 정박한 시간 속에서 태동되는 것.

이 정박한 시간들은 흐르기를 멈추고 정지된 과거가 아니라 모든 항로의 끝이 폐허임을 알면서도 다시금 돛을 올리는 능동적인 멈춤이자, 응축된 실존의 현장이 아닐 수 없다. 안개가 걷히고 드러난 고독한 민낯을 응시하며 홀로 가는 시간과 길을 수용하는 순간 시인의 사막은 더 이상 결핍의 공간이 아닌 비어 있기에 무엇이든 채울 수 있는 자유의 지평이 된다. 그건 가혹한 운명의 암초 사이를 절뚝이며 지나온 고통스러운 주체의 지도가 그녀 의식에 식재되어 있기 때문이다.

새벽을 깨우는 작은 기쁨
우리를 위로한다
그윽한 발길로 허공에 보이지 않는 줄로
이어져 있는 애증의 기억 더듬으면

별 몇 개, 새벽 적막이 우리를 위로한다

마음의 빈자리 올려다보며
스며드는 너와 나의 간격
무성하던 숲의 시간은
간밤의 기나긴 꿈이었던가

지상의 과일들은 빛에 목매어
굴레를 쉬 벗어나지 못하고
한 시절 순백의 깨우침이 너덜거리는 바람 소리
절망은 어쩔 수 없는 일

깊고 깊은 바닥 헤매고 뉘우치며 들리는 여명의 음성
빛나고 거듭나는 대낮은 별 의미가 없어
세상 끝의 소진한 소망 일으키며 이제 돌아가
쓸데없는 그곳의 햇살 지우고 손을 뻗으면
다가오는 정결한 새벽

—「새벽 위안」

이 시는 화려하고 뜨거운 대낮의 현상 세계의 가치를 부정하고, 소멸과 적막의 공간인 실존적 새벽의 심연에서 현존의 도정을 회복하려는 역설적 구도의 과정이 스며있다. 이러한 시인의 여정은 소란스러운 유혹의 '햇살'을 지우고 정결한 '고독의 새벽'으로 돌아가는 회귀로 증거된다. 여기서 '지상의 과일들이 빛에 목매어 굴레'를 벗어나지 못할 때, 시인은 '깊은 바닥의 뉘우침 속에서 들려오는 여명의 음성에 귀'를 기울인다. 지상의 유혹과 집착이 투영된 '대낮'과 '햇살'을 지우고 허망한 본질의 굴레를 벗어나기 위한 화자의 결단이 더해진 것이 '새벽 위안'이다. 이것은 시인이 과거의 애증과 절망이 교차하는 '깊은 바닥'을 통과하며 "세상 끝의 소진한 소망 일으키며 이제 돌아가"고자 하는, 의지로 파생된 것. 고립된 존재가 스스로를 가두던 세속적 항로를 버리고 "다가오는 정결한 새벽"을 맞이하고자 한다.

　이 같은 시인이 도달하려는 새벽은 시간적 순서에 의한 자연 현상이 아니라, 절망의 바닥을 딛고 일어선 자가 스스로 열어젖힌 치열한 투쟁의 산물이다. 세속적 욕망과 소거된 진공 상태가 아니라 오히려 그 모든 과거의 잔해를 딛고 일어난 형이상학적 도달점으로서 소진된 소망을 다시 일으켜 세운다. 그것도 "식지 않은 열망으로"(「가보고 싶은 곳」) "모든 열망은 일생을 떠돌다" 정박하는 닻과 같이 "건져 올려지는 슬픔의 수초"가 그 흔적을 말해준다. 이처럼 그녀의 시는 세상 끝에서 마모된 갈망의 파편을 추슬러 세우는 기투를 통해 생의 폐허를 부정하지 않은 채 "생의 이면 이리저리 둘러보다"(「어떤 기미」) 그 파괴된 잔해들 "속으로 두레박 한 줄 내려/넘쳐나는 기억들 퍼올리"는 것이, 그녀의 시편이며 거기엔 "푸르디푸른 잎맥들이 시간을 펼쳐"낸 시행 사이로 길들이 겹쳐져 있다.

겨울 철새들이 떼를 지어
흐린 하늘 위를 날던 어제 해거름
밤새도록 하늘은 눈물인지 축원인지 눈을 내렸다
노역의 힘겨움 쏟아버린 새벽하늘은 맑은 눈을 뜨고
이승의 이력처럼 소리 없이 흐르는 조각구름들
부산하게 겨울 빈 가지 사이로 걸릴 듯 말 듯 흘러가고
한 무리 떼를 이끌던 앞선 새의 노고가
바닥 모르게 시려오는 풍경 희미하게 풀어 헤친다

남은 길 아득해도 우리는 시린 발 거두며
뒤돌아보지 않고 가야만 하는가 절뚝이며
눈물이 없는 자 등 두드리며 쓰다듬으며
비록 빈 집이라 해도 위안 없어도
맺히는 슬픔 침묵하며 애잔한 그리움 끌고
그 길 헤매더라도 마저 가야만 하리라

쏟아부을 줄 모르는 덤벙거릴 줄 모르는 어둠
고개 돌려 큰 숨 몰아쉬며 이끌 발걸음
새는 날고 날아 지친 날개 저쪽
어디쯤 내리고 있는가
어느 곳에 다 닿을지 아무도 모른다 해도
바스러지는 生의 그림자 끌고

―「빈집」 전문

이 시는 생의 황혼 녘에 마주한 존재의 고단함을 '겨울 철

새'와 '해거름의 길'이라는 이미지를 통해 규명한다. 해거름의 길은 겨울 철새의 시간이기도 하고, 노역의 힘겨움을 하늘 아래 안고 사는 존재들의 표상이 된다. 이에 시인이 포착한 겨울 하늘은 밤새 "눈물인지 축원인지" 모를 눈을 쏟아낸 뒤에야 비로소 맑은 눈을 뜨게 되는 것. "바스러지는 生의 그림자 끌고" 사는 존재의 기투는 고통에 머물지 않고 존재의 명징함을 획득하는 정화의 과정임을 암시한다. 그것은 '이승의 이력'과 함께 '덧없이 흘러가는 조각구름과 앞선 새의 시린 노고가 교차하는 풍경' 속에서 나타난다. 그럼으로써 시인은 '화려한 비상보다는 바닥 모를 시련'을 견디며 나아가는 '주체적인 발걸음'에 주목한다.

여기서 주체적인 발걸음은 "맺히는 슬픔 침묵하며 애잔한 그리움 끌고" 가는 길의 원동력으로서 "고개 돌려 큰 숨 몰아쉬며 이끌 발걸음"으로 현시된다. 시인에게 길이란 허무로 침잠하는 소멸의 궤적이 아니라, 자신의 고통을 기꺼이 껴안으면서도 스스로의 존재를 각인시킨다. 이에 존재의 "시간은 제 경계를 세우지 않고 흐르"(「한 마리 새」)고 있다는 "잡힐 듯 잡히지 않는 마음"을 통해 나타내며 "깊은 심연을 향해 질문을" 던지는 시. "조용히 귀 기울여 저 땅을 흔드는 울림"(「바람이 어깨를 스치며」)으로 응답하는 시인. 그것은 「마음의 내력」으로서 "밤낮으로 쉼 없는 날개짓 고단한 외로움의 시간"에서 비롯되는 것. "푸른 새벽이 오기를 기다리기만 한 날들"(「낯선 새 소리」)의 선명한 침전이 아닐 수 없다.

4.

> 햇빛에 내다 거는 염원이 꽃이 되기까지
> 얼마나 오랜 시간 바람을 거쳐
> 꽃이 되었나 하얗게
> 저렇듯 평온하게 머물 곳 찾아
> 그대는 저녁이 저물도록 헤진 발을 드러내고
> 집을 향하지 않았는가
> 짜디 짠 길 위에 너의 거친 숨이 허옇게 여물어
> 소금꽃 이제사 햇살 아래 반짝인다
> 그대 편히 누워 쉬시게나
> 뒤늦게 도착한 붉은 노을이 아름답기까지
> 너의 발 부르튼 상처가 보인다
> 눈앞에 당도한 햇살 아래 풋잠 들어
> 너의 곤곤한 생 어느새 구름으로 펼쳐져
> 먼 옛날 옛적을 춤추며 노래하리
> 무지개 빛을 품는 하얀 꽃이 되기까지
> 순교의 긴 날을 죽도록 달려 온
> 네 등을 토닥이는 먼 손
>
> ―「소금꽃」 전문

소금꽃은 "햇빛에 내다 거는 염원이 꽃"이 된 것으로 '헤진 발'이라는 신체 부위를 통해 길을, 꽃이라는 상징을 통해 시간의 밀도를 응축하고 있다. 게다가 "짜디짠 길"이라는 삶의 고단함이 농축된 현장에서 터져 나온 '거친 숨'이 다름 아닌 "소금꽃"의 결정체인 것. 시인은 이런 시련을 피하지 않고 '부르튼 상처로 죽도록 달려온' 인고의 시간을 보여준다. 이는 '소금꽃'이라는 비유를 통해 집을 향하지 못하고 저녁이 저물도록 길 위에 머물러야 했던 존재의 고독을 통해 화려한 비상이 아닌 바닥을 딛는 고통이 곧 꽃이라는 사실이다. 이로써 소금꽃은 길의 고통이라는 '짠맛'을, 시간의 영광이라는 '반짝임'을 통해 길의 가혹함이 시간의 성스러움으로 전이되는가를 실존적 관점에서 해명한다. 결국 "네 등을 토닥이는 먼 손"은 그 긴 순례의 길과 인고의 시간을 견뎌낸 존재에게 부여되는 삶의 위로이자, 비극적 생을 기꺼이 살아낸 자가 도달하는 정박지가 되는 것이다.

그녀의 시편은 어두운 길과 시린 시간을 통과하며 생겨난 역동적인 평온으로 존재의 본질을 공구하게 만든다. 거기서 이 땅 위에 끝없는 순례가 헛된 방랑이 아니었음을 가로지르면서 메마른 생의 결핍을 상처의 반짝이는 미학적 영토로 확장시킨다. 상처가 가진 미학적 영토는 "마음과 마음 이어"(『엽서』)가는데 "눈부신 슬픔 황혼의 부드러운 손길로/제 길에 들게 하는" 무한한 힘의 원천이 되기도 한다.

놀랍도록 새싹 돋아나야 할 시절에
밤사이 눈이 내렸나 보다
누군가 큰 빗자루로 새벽 봄눈

쓰는 소리 연신 허리 굽혀
늙은이는 길을 쓸고 있나 보다
시간의 궤적 위에 한 줌 햇살로 해가 뜨자
이내 나무와 지붕 위의 눈들이 다 녹아내려
흔적도 없이 사라졌다
힘겹게 새벽을 쓸던 늙은이의 시간이
무수한 반복의 우리 生과 겹쳐
무겁게 가슴속으로 쓸쓸히 밀려든다
봄은 빛살 환하게 기다리는 이에게
아름다운 소용돌이로 다가오는 걸까
푸른 촉수 세워 땅을 들추며 아낌없는 힘을 다 할
새싹의 안쓰러움
적막 근처에서 바라보고 있다

—「봄 눈」전문

앞에 시편 소금꽃이 과거의 상처에 대한 결실이라면 봄 눈 속의 새싹은 미래를 향한 존재의 개벽으로서 시간을 눈길 위에서 형상화한다. '짜디짠 길' 위의 노고를 '소금꽃'으로 승화시켰다면 이 시는 '새벽 봄눈'이 내린 길 위에서 '빗자루를 든 노인의 형상'으로 전이된다. 여기서 '길'은 다시 한번 존재의 숙명적 노역이 벌어지는 장소로 소환된다. "연신 허리 굽혀" 눈을 쓰는 늙은이의 뒷모습은, 앞선 시의 "헤진 발"이 보여준 실존적 고투와 궤를 같이하며 "시간의 궤적 위에" 뜬 햇살 한 줌에 허망하게 녹아버릴 눈을 쓸어 내는 노인의 행위에 주목한다. 흔적도 없이 사라질 눈을 치우는 이 반복적인 '늙은이의 시간'은, "무수한 반복의 우리 生과 겹쳐"지면서 결과가 아닌 과정으로서의 생生을 긍정하게 만든다.

그럼으로써 '소금꽃'을 피우기 위해 "순교의 긴 날"을 달려온 그 '시린 노고'의 연장선에서 "푸른 촉수 세워 땅을 들추며 아낌없는 힘을 다"하는 새싹의 경이로움을 발견하는 것. 눈이 녹아 사라진 자리에서 바로 고통의 바닥을 딛고 일어선 '푸른 촉수를 가진 새싹'이다. 여기서 '새싹'은 '소금꽃'의 변주이면서 스스로 길을 내며 부르튼 발로 걸어온 자만이, 이제 막 땅을 뚫고 나오는 생명을 긍정할 수 있게 된다. 시인은 존재들의 숙명적인 길 위에서 "영원한 부드러움, 영원한 따사로움"(「어머니의 꽃과 나무」)을 가진 생명에 대한 찬미를 시적 공명으로 재생시킨다. 그녀의 시적 공명은 "모든 생을 관통해 한갓 순리의 세상 읽히리라"(「붉은 제라늄」) 믿으며 "마르지 않는 샘에서 솟아오르는"(「온건한 별」) 근원적 시간을 '유예된 생명'으로 지켜보며 '언어적 영토'로 맞이하고 있다.

이옥진의 시인의 「시」는 고통의 연대기를 넘어 '길'과 '시간'의 고투가 어떻게 '강물'의 흐름으로 수렴되고, '지평'의 평온함으로 완성되는지를 신탁의 시간으로 승화시킨다. 그녀의 '신탁의 시간'은 영원히 "존재들의 뜨겁던 분노와 고통을 "미제레레"(Miserere, 나를 불쌍히 여기소서)의 통곡마저 흐르는 강물에 씻어 보내는 것. 이는 고통을 부정하는 것이 아니라, 생의 모든 오욕汚辱과 어리석음을 "낡은 옷"처럼 벗어 던짐으

로써 새로워지는 데 있다. 고난이라는 폐허의 잔해가 사유
로 발현되는 장소가 시의 성소임을 보여주며 '비정한 백지'
위에 세운 언어의 기둥이 그녀의 이번 시집『붉은 사막』의
시 정신이다. 이옥진은 가혹한 인과율이 점철된 고통의 시
간과 순례의 길을「저 가지 끝에 등불」로 밝히며 "희망은 있
다고도 없다고도 말할 수 없는" 모순된 현실이지만 "허기진
길에서도 다시 꿈꾸라"고 세속의 붉은 욕망을 '행간의 성소'
로부터 정화시키고 있다.

이옥진

연세대학교 음악대학, 이화여자대학교 대학원 신문방송학과 졸업.
1991년『현대시』로 등단.
시집『새들은 풀잎색 빗소리를 듣는다』,『절벽 위의 붉은 흙』. 포토포엠
『그곳에 내 집이 있었네』,『불문율의 숲에 몸을 누이다』,『따뜻한 고요』.
소설『나는 내일이면 이 남자를 떠날 것이다』.
한국시인협회, 국제PEN한국본부 국제교류진흥위원회 위원, 한국가톨
릭문인협회, 여성문학인회 부이사장 역임.
이대동창문인회 이사, 문학의 집·서울, 한국문인협회에서 활동.
바움 작품상 수상.

서정시학 시인선 235

붉은 사막

2026년 3월 17일 초판 1쇄 발행

지 은 이 · 이옥진
펴 낸 이 · 최단아
편집교정 · 정우진
펴 낸 곳 · 도서출판 서정시학
인 쇄 소 · ㈜ 상지사
주 소 · 서울시 서초구 서초중앙로 18, 504호 (서초쌍용플래티넘)
전 화 · 02-928-7016
팩 스 · 02-922-7017
이 메 일 · lyricpoetics@gmail.com
출판등록 · 209 91-66271

ISBN 979-11-92580-69-2 03810

계좌번호: 국민 070101-04-072847 최단아(서정시학)
값 15,000원

* 잘못된 책은 바꾸어 드립니다.

서정시학 시인선